BIBLIOTHÈQUE DE MES PETITS ENFANTS

LE FILS DE POLICHINELLE

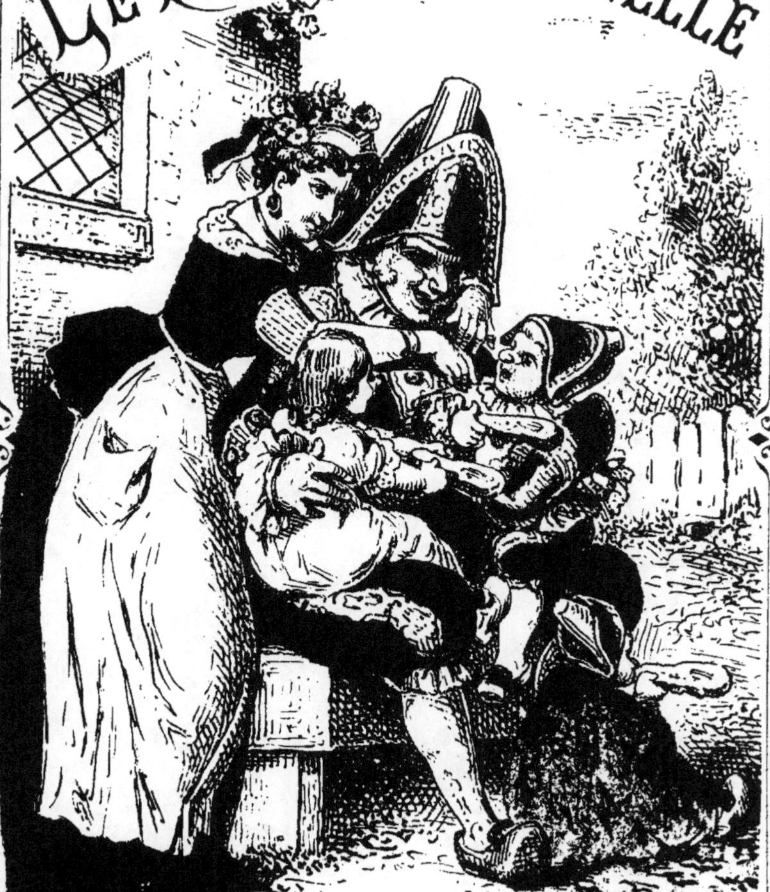

BERNARDIN-BÉCHET, ÉDIT. QUAI DES AUGUSTINS, 31.

LE FILS

DE

POLICHINELLE

PAR

DES TILLEULS

ILLUSTRATIONS DE LEVILLY

PARIS

BERNARDIN-BÉCHET, LIBRAIRE-ÉDITEUR

31, QUAI DES GRANDS-AUGUSTINS, 31

Imp. Becquet . Paris

LE FILS DE POLICHINELLE

Il était une fois un brave homme, appelé Bémolin, qui avait acquis de grandes richesses en jouant du flageolet. Il adorait les enfants par la simple raison qu'il n'en avait pas, et, pour en obtenir, il fatiguait de ses prières sa femme, qui n'y pouvait rien, et le ciel qui ne l'écoutait guère.

Un jour, qu'il se promenait dans la campagne, il trouva au milieu d'une touffe de fougères un enfant nouveau-né du sexe masculin. Prendre le petit garçon dans ses bras et l'apporter à sa femme fut pour le brave musicien l'affaire d'un instant.

— Seigneur Dieu! qu'allons-nous faire de cet avorton? s'écria la bonne dame : cet enfant est bossu par devant et par derrière.

Monsieur Bémolin trouve un petit garçon dans une touffe de fougère et l'apporte à madame son épouse.

— Bossu ou non bossu, c'est le ciel qui nous l'envoie, répondit Bémolin, d'ailleurs, quand on ne peut avoir des enfants tels qu'on les désire, il faut les prendre tels qu'on les trouve.

Madame Bémolin convaincue par cette bonne raison ne dit plus rien, et, comme elle souhaitait un enfant avec la même ardeur que son mari, la bonne dame ouvrit ses bras au nouveau-né et se prit à l'aimer de toute son âme.

Le brave Bémolin, qui en sa qualité de musicien ne détestait pas la dive bouteille, pensa bien faire en inculquant ses goûts au nourrisson. En conséquence, tous les matins il suppléait à la nourrice en faisant avaler un grand verre de vin de Bourgogne au bébé ; après quoi il lui introduisait son flageolet dans la bouche pour lui donner l'amour de la musique.

Monsieur Bémolin chaque matin fait boire au nourrisson un grand verre de vin pour lui fortifier l'estomac.

Bémolin apprit que les époux Polichinelle avaient été vus dans le pays : or, comme l'honorable couple avait l'habitude d'abandonner ses enfants un peu partout et que le marmot portait le cachet irrécusable de son origine, le flageolettiste, bien certain de conserver le poupon, put l'aimer sans crainte et procéder à son baptême.

Le petit bossu reçut le nom de Carabo en souvenir de ses parents et, comme s'il eût voulu effacer tous les doutes relatifs à sa naissance, le marmot en grandissant manifesta tous les vices particuliers de monsieur son père. A six ans, Carabo était turbulent, taquin, gourmand, criard, paresseux, chipeur, effronté, menteur, etc. Bémolin, néanmoins, le trouvait si charmant qu'il le fit peindre d'après la bosse et dans le costume traditionnel.

L'enfant, reconnu pour être un fils de Polichinelle, reçoit le nom de Carabo et pose pour la bosse.

Carabo cassant, brûlant, déchirant avait fini par tout saccager dans la maison.

Bémolin trouvait cela original, mais sa femme pensa qu'il était temps de corriger l'enfant et de lui apprendre à lire.

Carabo fut donc envoyé à l'école et le jeune garnement ne tarda pas à y signaler sa présence : il lâchait des hannetons dans la classe, grugeait le goûter de ses camarades, vidait les encriers dans la poche du maître, etc.

Ce dernier, l'ayant surpris coupant les cordes de l'horloge, le mit en pénitence derrière son fauteuil.

Carabo trouva plaisant de retirer le siége au moment où le maître d'école allait s'asseoir et l'infortuné professeur mesura le plancher à la grande jubilation des polissons du lieu.

Carabo retire le fauteuil au moment où le maître d'école allait s'asseoir ; le professeur n'est pas content.

Carabo fut chassé de l'école.

Bémolin, mécontent, condamna le petit drôle au pain et à l'eau, et l'enferma dans la salle à manger. Le gamin, ennuyé de ne rien faire, donna la clef des champs aux canaris, déchira la tapisserie et cracha sur les passants.

Ayant découvert un couteau dans un coin, il l'employa comme levier et força le buffet, dans lequel il trouva ample provision de biscuits, de confitures et de friandises variées.

Le gourmand s'en donna jusqu'à faire éclater ses deux bosses ; n'en pouvant plus, il appela Raminagrobis, le chat du logis, et lui abandonna les restes du festin; l'angora, enchanté de l'aubaine, poussa de joyeux rons-rons et s'escrima de son mieux.

Bémolin les surprit la bouche encore pleine.

Enfermé, Carabo lâche les canaris et dévore toutes les confitures en compagnie de Raminagrobis.

Le nouveau méfait de Carabo plongea ses parents adoptifs dans un profond chagrin.

— Ah! dit madame Bémolin, en poussant un gros soupir, nous ne ferons rien de cet enfant; c'est le fils de Polichinelle, et tout épagneul chasse de race.

— Demain matin je conduirai Carabo dans une maison de correction, répliqua l'ex-flageolettiste.

Le petit sacripant, qui écoutait à la porte, n'en voulut point savoir davantage.

Appelant Nicobus, le fils du jardinier, polisson de la même farine, il lui fit signe d'approcher l'échelle.

Dès qu'il fut en bas, Carabo invita Nicobus à le suivre, et ces deux vauriens, bras-dessus bras-dessous, quittèrent en riant le foyer paternel.

Les deux petits drôles, bras-dessus bras-dessous, abandonnent la maison paternelle et vont courir le monde.

Les deux vagabonds marchèrent pendant toute la nuit. Vers le matin, ils se trouvèrent dans une ville. La faim les talonnait, et ni l'un ni l'autre n'avait d'argent.

— Qu'allons-nous faire, demanda Nicobus en retournant ses poches vides ?

— Ne t'occupe pas de ce menu détail, répondit Carabo, je me charge de tout : suis-moi.

Le fils de Polichinelle entra effrontément dans un hôtel, s'installa sous un berceau et commanda un excellent déjeuner. L'aplomb du jeune vaurien en imposa au restaurateur, qui servit ses mets les plus délicats et son vin le meilleur.

Lorsque la servante apporta la note à payer, Carabo lui dit :

— Je n'ai rien, mon camarade pas davantage, je vous donne le reste.

Carabo et Nicobus, après avoir mangé le festin, déclarent à la servante qu'ils n'ont pas d'argent pour la payer.

Pendant que Nicobus s'explique, Carabo s'échappe de la tonnelle et prend de la poudre d'escampette.

Le maître d'hôtel, qui avait flairé une bonne recette en voyant les riches habits de Carabo, n'était pas homme à se payer de monnaie de singe ; il fit appeler deux gendarmes et les pria d'enfermer les jeunes filous.

Nicobus pleura, Carabo pérora et dit qu'il avait mangé parce qu'il avait faim et bu parce qu'il avait soif.

Les agents de l'autorité se consultèrent et pesèrent les raisons fournies par l'accusé.

Tandis qu'ils délibéraient, Carabo, avisant un trou dans la haie de la tonnelle, s'y glissa furtivement et prit de la poudre d'escampette laissant son camarade Nicobus s'expliquer avec les gendarmes.

Quand on s'aperçut de son absence, le drôle était déjà loin.

La fermière, ayant surpris Carabo volant du beurre et du fromage, le chasse à grands coups de balai.

Carabo courut pendant des heures entières ; la fatigue l'arrêta aux abords d'une ferme. Le jeune coquin, s'approchant de la fermière, lui demanda l'hospitalité.

— Je suis, dit-il, le fils du riche M. Bémolin ; je me suis égaré en chassant aux papillons et serais bien aise de me reposer.

La fermière accueillit le petit fourbe et lui permit de s'aller coucher dans la grange.

Pendant la nuit, Carabo s'introduisit dans la laiterie et se régala de beurre et de fromage ; la fermière le surprit dans cet exercice.

— On a bien tort de recevoir les vagabonds, s'écria-t-elle, et, s'armant d'un balai, la fermière frappa de toutes ses forces sur la bosse du maraudeur.

Carabo s'engage dans une troupe de saltimbanques et donne des représentations fort réjouissantes.

Le fils de Polichinelle, errant de villes en villages, filoutant par ci, mendiant par là, fut bientôt à bout d'expédients. Il avait commis tant de larcins que la police fut mise à ses trousses.

Pour échapper aux limiers de la justice, Carabo s'engagea dans une troupe de saltimbanques, et, suivant l'exemple de son père, joua la comédie sur un théâtre Guignol. Il était là dans son élément et c'est avec une douce volupté qu'il distribuait de vénérables tripotées au gendarme, au juge et au commissaire.

La foule accourait de toutes parts assister à ses représentations, et jamais acteur n'eut plus de succès : les jeunes, les vieux, les grands, les petits, les gros, les maigres, les chauves, les barbus, les étiques, les ventrus, tout le monde voulait voir le merveilleux bâtonniste.

Carabo renonce aux beaux-arts et quitte le théâtre en emportant la caisse et Bi-Bi, son collègue à quatre pattes.

Monsieur Bobichon, le directeur du théâtre, faisant de bonnes recettes, payait largement son premier artiste. Si Carabo avait été honnête et laborieux, il aurait pu se créer une petite fortune en continuant ce métier ; mais Carabo n'était point honnête et il entendait acquérir la fortune d'une manière plus expéditive.

Ayant remarqué l'endroit ou monsieur Bobichon cachait son argent, Carabo profita du moment où le directeur prenait médecine pour s'introduire dans la maison. D'un tour de main, le mauvais drôle enleva la caisse et en même temps Bi-Bi, son collègue à quatre pattes, dont il se proposait de faire un excellent civet.

Bobichon, entendant du bruit, sortit de son cabinet et put voir le malfaiteur emporter ses écus et son chat acrobate.

Carabo, sur la paille humide du cachot, déplore sa conduite passée et jure de rentrer dans le chemin de l'honneur.

Le directeur Bobichon, retenu par des nécessités impérieuses, ne put arrêter le voleur.

Aussitôt que les exigences de sa position lui permirent de rajuster ses bretelles, il courut déposer sa plainte au brigadier de gendarmerie.

Les agents de la force publique traquèrent le fugitif, qui, cette fois, n'évita pas le juste châtiment qu'il avait si bien mérité.

Arrêté par les gendarmes, Carabo fut conduit devant le tribunal et condamné à deux ans de prison.

Le mauvais garnement, sur la paille humide du cachot, se prit à réfléchir et déplora sa conduite passée. En mangeant le pain noir que lui jetait le geôlier, il regretta plus d'une fois la maison hospitalière où il avait été élevé, et sa conscience fut bourrelée de remords.

Bémolin, instruit du repentir de son fils adoptif, lui rouvre ses bras et vient l'arracher à sa misérable condition.

Quand les enfants pleurent et demandent pardon les parents se laissent presque toujours fléchir ; il n'en est pas de même avec dame justice; lorsqu'elle a prononcé une sentence, il faut que le condamné subisse sa peine.

Carabo, malgré ses prières et ses larmes, ne sortit de prison qu'à la fin de son temps. Sincèrement corrigé par ces deux années de misère, le jeune homme résolut de rentrer dans le devoir; malheureusement il n'avait ni état ni ressources.

Dans cette triste conjoncture, il n'hésita pas à s'engager comme domestique chez un laboureur, préférant garder les pourceaux que de recourir à des moyens illicites pour gagner son pain.

L'excellent Bémolin, instruit de son repentir, rouvrit ses bras à Carabo et vint l'arracher à sa misérable condition.

Le retour de l'enfant prodigue est célébré avec éclat. Des toasts en vers sont adressés au héros de la fête.

Carabo revint au foyer paternel.

La bonne dame Bémolin faillit se pâmer d'aise en revoyant son fils adoptif. Elle ne pouvait se lasser d'admirer son teint blafard, son nez crochu, ses membres grêles et jusque ses excroissances pyramidales.

L'ex-flageolettiste, non moins enchanté, invita les seigneurs des environs à venir fêter le retour de l'enfant prodigue.

Les seigneurs, qui connaissaient la cave du vieux musicien, acceptèrent son invitation, et au jour dit une élégante société sablait le champagne en l'honneur de Carabo.

Plusieurs toasts en prose et en vers furent adressés au roi du festin.

Carabo y répondit avec une verve étincelante, auxquels n'étaient pas étrangers les beaux yeux de mademoiselle Frisette, sa voisine de table.

Carabo, devenu homme de bien, épouse Frisette; ce qui prouve qu'il n'est jamais trop tard pour se corriger.

Au dessert, Bémolin fit entendre un solo d
flageolet et Carabo un discours des plus pathétique
dans lequel il déplora les erreurs de sa jeunesse
Ce discours émut profondément l'assistance e
mademoiselle Frisette mouilla son mouchoir.

Les paroles de Carabo n'étaient point fallacieuse
et sa conduite ultérieure prouva la sincérité de so
repentir.

Pendant plusieurs années il se montra si honnê
et si bon que toutes les filles à marier le désiraier
comme époux. Le choix du jeune homme éta
fait, mademoiselle Frisette avait touché son cœu
et il eut le bonheur d'obtenir sa main.

Les noces se firent avec une grande pompe
les nouveaux époux vécurent longtemps et heureu

Ce qui prouve qu'il ne faut désespérer de rie
et qu'il n'est jamais trop tard pour se repenti

En vente à la même Librairie

Mr & Mme CROQUEMITAINE.

LA POUPÉE DU PETIT NOËL.

LA JOURNÉE DE MARGUERITE.

LE FILS DE POLICHINELLE.

LE PETIT CHAPERON ROUGE.

LES MÉSAVENTURES D'UN PETIT GOURMAND.

Melle CAQUET BON BEC.

LES MARIONNETTES DE SÉRAPHIN.

LA PRINCESSE AUX VIOLETTES.

LE CHIEN DU PÈRE LUSTUCRU.

ALPHABET DES BÉBÉS.

LE PETIT POUCET.

Cette Collection se continue.

Imp. Becquet Paris. p.v

www.ingramcontent.com/pod-product-compliance
Lightning Source LLC
LaVergne TN
LVHW052012160826
845678LV00003B/1014

* 9 7 8 2 3 2 9 6 4 8 6 5 1 *